Par le Trouvère du XIXe Siècle
JACQUES BORNET

GUERRE AUX FLÉAUX

PRIX: 50 Cent[es]

En vente dans toutes les librairies

GUERRE AUX FLÉAUX

PAR LE

TROUVÈRE du XIXe SIÈCLE

JACQUES BORNET

Prix : 50 centimes

EN VENTE

DANS TOUTES LES LIBRAIRIES DE FRANCE

1869

LA MISSION DU POËTE

Qu'est-ce que la poésie ? La poésie, c'est la prière, c'est la bienfaisance, c'est l'amour, c'est la justice, c'est la clémence. La poésie, c'est l'âme de l'humanité.

En vain, dans tous les temps, chez tous les peuples, ses faux disciples et ses détracteurs ont cherché à la flétrir, à la bannir. Toujours jeune, belle, puissante, l'immortelle poésie est restée pure. Depuis la création, elle plane sur le monde, qu'elle illumine de ses rayons, qu'elle remplit de son souffle divin !

Et, tant qu'il y aura des mères condamnées à pleurer sur le fruit de leurs entrailles...

Tant qu'il y aura des opprimés et des captifs...

Tant qu'il y aura des larmes à tarir et des cœurs à consoler...

Tant qu'il y aura des noms à glorifier et des mémoires à flétrir, la poésie restera sur la terre.

C'est elle qui a instruit les premiers hommes, qui leur a enseigné la sagesse, les arts et les sciences. Enfin, c'est à elle que l'on doit tout ce qu'il y a de beau, de grand, de saint sur la terre.

Lorsqu'un empire se fonde, lorsqu'un peuple gémit dans les fers, lorsqu'une nation, par la corruption de ses mœurs, est entraînée à sa perte, la poésie apparaît. Elle descend dans la foule, elle y cherche quelques hommes au vaste front, au cœur de feu... elle allume dans leur âme l'amour de la paix et de la vertu, la haine de la discorde et des vices, puis elle leur montre l'horizon et leur dit : « Debout !... l'heure est venue... voilà votre chemin... marchez et combattez... »

Alors les prédestinés se lèvent, et, pleins d'une invincible ardeur, ils commencent à chanter l'œuvre de création et de concorde, d'affranchissement ou de régénération. Ici, à leur voix, les cités s'élèvent, les lois s'établissent, les arts se fondent; plus loin, les cachots s'ouvrent, les fers se brisent; ailleurs, les vices disparaissent et font place aux vertus.

La mission du poëte est donc grande, sainte, divine...

Mais, pour qu'il en soit digne, combien il faut que sa vie soit pure ! Avec quel soin il doit fuir tout ce qui peut souiller son âme, corrompre son cœur, dégrader son intelligence ! Avec quel empressement, au contraire, il doit rechercher tout ce qui peut les orner, les enrichir, les élever ! Ensuite, de combien de courage, d'abnégation, de résignation il doit se sentir capable ! Pour lui, que d'épreuves à subir, que d'obstacles à surmonter, que de luttes à soutenir ! Lutte avec ses passions, lutte avec le travail, la pensée, le doute; lutte avec la souffrance, la misère, la faim; luttes opiniâtres, cruelles, de tous les jours, de tous les instants. Puis, quand il a vaincu, quand son génie a grandi, qu'il commence à déployer ses ailes, alors commence une lutte nouvelle... lutte terrible, sans fin !... lutte avec les préjugés, l'envie, l'égoïsme... lutte avec le monde... avec le monde qui exila Homère, le Dante, Camoëns; qui laissa expirer Chatterton et Malfilâtre dans des greniers, Gilbert et Moreau sur des grabats d'hospice...

Voilà le monde avec lequel le poëte à à combattre, et, s'il

succombe, malheur à lui; car ses ennemis implacables se jettent sur leur victime abattue, et, s'ils ne peuvent tuer son nom, ils flétrissent sa mémoire. S'il triomphe, au contraire, ses persécuteurs consternés rentrent dans leur néant et laissent passer le poëte. Alors il devient puissant, il domine la foule, il éclaire, il guide son siècle; ses préceptes sont des lois, ses chants parcourent l'univers; tous les regards se portent vers lui, les honneurs lui sont offerts, la fortune lui prodigue ses dons, l'amour le comble de ses faveurs, les grands le recherchent et le craignent, les petits l'implorent et l'aiment. Il est au faîte de la puissance; il est à l'apogée de la gloire et du bonheur! Mais, plus il s'est élevé, plus il doit craindre de tomber... S'il s'écarte de son chemin, s'il oublie sa mission; si, ne sachant limiter ses vœux, il se met aux gages des grands et se fait leur adulateur, il est à jamais perdu. Bientôt son imagination s'épuise, sa verve s'éteint, son génie meurt. Les muses l'abandonnent : elles laissent l'ingrat faillir à son mandat et courir à sa perte. La foule se retire de lui; à l'estime publique, à l'admiration générale succèdent le mépris et l'oubli. Sa puissance tombe, sa renommée s'évanouit, et son nom, pour périr, n'attend plus que le jour où la terre doit recevoir la dépouille délaissée du poëte apostat.

Pour échapper à cet écueil dangereux, fatal, il faut que le poëte n'oublie jamais la sainte cause de l'humanité! il faut que, sentinelle avancée, toujours debout sur les décombres du temps, il veille aux destinées du monde; il faut que, la nuit, au milieu du silence, il déroule sous ses yeux le tableau des siècles passés et cherche à pénétrer les ténèbres de l'avenir. Il faut que, le jour, dans l'isolement, la solitude, il invoque ces grands génies qui ont illustré leur patrie; qu'il s'inspire de leurs vertus, et qu'à leur exemple, il ait des chants pour toutes les douleurs. Enfin, lorsque, après avoir retrempé son âme dans l'océan des misères humaines, il est convié, par hasard, à l'éternel festin des élus de la terre, il faut qu'il n'ait, sous les lambris dorés de leurs palais, que ces mâles accents qui font descendre la sagesse et la grandeur dans les âmes, la pitié et la bienfaisance dans les cœurs.

Quand sa tâche est accomplie, quand il voit approcher le terme de sa carrière, avec quelle confiance ne s'apprête-t-il pas alors à remonter vers les cieux, laissant un nom à sa patrie, un exemple à l'humanité.

JACQUES BORNET.

Paris, 1849.

A LA JEUNESSE

Depuis quatre mille ans qu'errant et solitaire,
Maudit et proscrit en tout lieu,
L'indomptable génie éclaire cette terre
Comme un rayon vivant de Dieu,

Il n'est pas un soupir, un sanglot, une plainte,
Pas un cri de persécuté,
Qu'aux quatre coins du monde, en sa mission sainte,
Son âme n'ait répercuté!

Il n'est pas un palais, pas une pyramide,
Un antre, d'os, de chair pétri,
Pas un sceptre, un laurier, de sang encore humide,
Qu'il n'ait détruit, brisé, flétri!

Il n'est pas un penseur, un bienfaiteur, un sage,
Un martyr de la vérité,
Dont il n'ait, sur l'airain, consacré le passage
Aux yeux de la postérité!

Il n'est pas un seul peuple, abattu sous sa chaîne,
Dont il n'ait su venger l'affront;
Pas un bourreau vainqueur, ivre de sang, de haine,
Qu'il n'ait marqué d'un fer au front!

Il n'est pas un bandit, de haut et bas étage,
Sur les pas du monde embusqué;
Pas un fripon, vivant de vol ou de chantage,
Qu'il n'ait surpris et démasqué!

Il n'est pas un frelon, pas un folliculaire,
Sans honte, mettant à l'encan
Son nom, sa voix, sa plume ou sa fausse colère,
Qu'il n'ait fait rugir au carcan!

Il n'est pas un pervers, il n'est pas un transfuge,
Marchant dans l'opprobre ou la mort,
Qu'il n'ait fait, sur sa couche, en son plus sûr refuge,
Saigner sous la dent du remord!

Il n'est pas un écueil, il n'est pas un abîme
Où sa main n'ait mis un flambeau;
Il n'est pas un cachot, un instrument de crime,
Où son corps n'ait quelque lambeau!

Et, pourtant, comme aux jours de sa lutte première,
Quand croupissait le genre humain,
Aujourd'hui, malgré l'art, le progrès, la lumière,
Il trouve encor sur son chemin :

Partout la même foule, avide de débauche,
Courant, dans son débordement,
Se livrer, sans pudeur, au vice qui la fauche
A grands coups d'abrutissement!

Partout, le front cynique et les pieds dans la fange,
Les mêmes valets-histrions
Prodiguant bassement la gloire et la louange
A d'odieux amphytrions!

Partout, mêmes frelons, prenant d'assaut la scène,
Et, faisant de l'art un métier,
Corrompant, pour dîner, avec une œuvre obscène,
Le sens moral du monde entier!

Partout, mêmes fripons, partout, mêmes corsaires
Prenant, aux sons du même appeau,
Leur éternel gibier, qui laisse dans leurs serres
Ses plumes, son sang et sa peau!

Partout, des cœurs d'airain, des exploiteurs infâmes,
Pour grossir un vain capital,
Envoyant par troupeaux, hommes, enfants et femmes
Mourir, brisés, à l'hôpital!

Partout, mêmes rêveurs, qu'un fol orgueil enivre,
Consacrant leur vie à forger,
Secrètement, la nuit, dans l'espoir de revivre,
Des instruments pour égorger!

Partout, les mêmes fous, dans les champs du carnage,
Portant képi, casque ou turban,
Sabre au poing, dans le sang, se jetant à la nage
Pour saisir un bout de ruban!

Partout, mêmes bouchers se ruant à la guerre,
Accumulant sur leur chemin
De longs monceaux de morts pour un lopin de terre
Que d'autres reprendront demain!...

Partout, mêmes bourreaux, qui, frappant sans relâche,
Dans leur horrible vanité,
Pour s'y placer un jour, taillent à coups de hache
Un trône dans l'humanité!

Quand, pleurant, le génie, en sa douleur immense,
Les yeux sur ces affreux tableaux,
Demande qui viendra, du monde qui commence,
L'aider à chasser ces fléaux!

Réponds-lui que c'est toi, toi, fille de ce monde
Pour qui sa première aube a lui;
Toi, qui reçus de Dieu la flamme qui féconde
Et tout ce qui fait croire en lui!

Réponds-lui que c'est toi, belle et sainte jeunesse,
Toi, l'amour, la force, la foi;
Et, pour pouvoir un jour accomplir ta promesse,
Marche, travaille, élève-toi!

Travaille avec ce monde à briser les entraves
Courbant encor l'humanité :
Plus de déshérités, de parias, d'esclaves.
Fonde, enfin, la fraternité!

Prouve que tu comprends tes hautes destinées,
En t'élevant à leur niveau :
Creuse, dans les débris des choses condamnées,
Le chemin du monde nouveau!

Conserve, de l'ancien, les trésors que tu sauves,
Et rends à jamais impuissant
Ce troupeau d'insensés... ce tas de bêtes fauves,
Qu'aveugle un long voile de sang!

Laisse, dans leur débauche et dans leur turpitude,
Les bâtards du siècle géant,
Dans la précocité de leur décrépitude,
S'acheminer vers le néant!

Astre de l'avenir! dans ta marche féconde,
Porte la lumière en tout lieu;
Va, Comme un Christ nouveau, régénérer le monde...
Et compléter l'œuvre de Dieu!!

Besançon, le 5 Novembre 1866

A L'EMPEREUR

Quand Dieu, dans son œuvre éternelle,
Prépare un nouveau changement,
Toujours il place l'instrument
A côté de l'œuvre nouvelle.

Il prend un homme au bras puissant,
A l'âme qui jamais ne plie;
Et, quand sa tâche est accomplie,
Il sacre cet homme et son sang.

Et, ce jour-là, le monde en fête,
Portant la nouvelle en tout lieu,
S'incline et bénit l'œuvre en Dieu,
Et Dieu dans l'homme qui l'a faite.

Sire, dans les enfantements
Du siècle géant où nous sommes,
Dieu t'a créé comme ces hommes
Pour quelques grands événements;

Puisque, dans sa sagesse immense,
Entre tes mains il a placé
Les clefs du ténébreux passé
Et de l'avenir qui commence,

Avec ton bras et ton cerveau,
Suivant le souffle qui t'inspire,
Ne refonde pas un Empire,
Fonde, Sire, un monde nouveau.

De l'ancien déchire l'écorce :
Plus d'esclave, plus de martyr ;
Force les peuples à sortir
De leur camisole de force.

Sous les pas de l'humanité,
Laisse, comme des grains de sable,
Broyer tout trône périssable :
Travaille avec l'éternité.

Fait et adressé à l'Empereur, à Vichy, le 2 Août 1866.

LA MISSION DE LA FEMME

La femme est ici-bas l'ange de l'espérance,
Que le ciel envoya pour essuyer nos pleurs,
Pour consoler notre âme en sa longue souffrance,
Et l'affermir dans les malheurs.

C'est elle qui, veillant au berceau du jeune âge,
Entretient de nos jours le vacillant flambeau ;
Elle qui, nous ayant aimé dans le voyage,
Nous aide à descendre au tombeau.

C'est elle qui soutient, dans sa lutte sans trève,
L'artiste se cherchant en son obscurité ;
Et c'est par son amour qu'il grandit et s'élève
Qu'il rêve l'immortalité.

C'est elle qui, toujours, par son humble prière,
Dans nos jours de discorde, apaise les vainqueurs;
Elle qui fait descendre et la paix sur la terre,
Et la justice dans les cœurs.

Tous les fruits et les fleurs que nous voyons éclore.
Aux bords désenchantés de nos sombres chemins,
Souvent, à notre insu, nous les devons encore
Aux doux soins de ses tendres mains.

Et cet ange, pourtant, qu'autrefois le poëte
Peignait dans son extase une auréole au front,
Partout, semble aujourd'hui, marcher courbant la tête
Sous le poids d'un sanglant affront.

Depuis que, tout-puissant, le Dieu de la matière
Enveloppe le monde en ses longs bras d'airain,
Et que l'humanité se courbe tout entière
Devant son pouvoir souverain,

L'homme ne peut trouver de coupe trop amère
Pour sa lèvre et son cœur où Dieu mit tant d'amour;
Dans ses rêves de fille et d'épouse et de mère,
Il veut la briser tour à tour.

Quand elle croit, pliant sous sa mission sainte,
Trouver entre ses bras un asile assuré,
Par des rires amers, il répond à la plainte
Qui part de son cœur déchiré.

Quand le sort la soumet, dans sa triste existence,
A demander à l'homme, au prix de son labeur,
L'abri de sa vertu, le pain de sa substance,
Que donne à tous le Créateur,

Il la prend, sans pitié pour ses membres de femme,
Ses charmes, sa jeunesse ou sa fécondité,
La jette en quelque lieu sombre, fétide, infâme,
Et là, selon sa volonté,

Comme un vil instrument, une machine humaine,
Il faut que, sans relâche, et les jours et les nuits,
De ses pleurs, de son sang, au feu de son haleine,
Elle pétrisse ses produits.

Quand elle veut, sentant sa force qui s'altère,
Prendre quelque repos ou fuir l'antre fatal,
Il lui montre en riant, ou sa couche adultère,
Ou le grabat de l'hôpital.

Vainement elle lutte, il faut qu'elle succombe ;
Car l'homme, impunément, peut creuser sous ses pas
L'abîme de la honte ou celui de la tombe :
La loi ne la protége pas[1].

Quand, riche, pour marcher son égale, elle aspire
A prendre à ses travaux une modeste part,
L'homme, pour la courber encor sous son empire,
L'exclut du domaine de l'art.

Au lieu de l'élever, de faire éclore en elle
Les belles facultés qu'elle reçut des cieux,
Ilne sait lui parler que parure nouvelle,
Joyaux, plaisirs, fêtes et jeux.

En étouffant ainsi sa noble intelligence
Sous l'écrasant fardeau de la frivolité,
L'insensé se prépare ainsi la récompense
Que mérite sa cruauté.

Dès qu'il ne trouve plus auprès de sa statue
Les charmes de l'amour et ceux de la beauté,
Il va, pour échapper à l'ennui qui le tue,
Chercher ailleurs la volupté.

[1] Le Code pénal ne punit aucun moyen de séduction ; aucune loi n'a fixé les heures de travail des ouvrières.

Bientôt dans l'abandon, de son côté, la femme,
Pleurant ses beaux instincts, ses aspirations,
Après de vains efforts, laisse entraîner son âme
Par le torrent des passions.

De là, ces unions monstrueuses, fatales,
Où, méprisant des lois le frein trop impuissant,
Chacun livre en pâture aux hontes, aux scandales,
Son honneur, sa vie et son sang.

De là, ces tristes fruits maudits avant de naître,
Et rejetés, hélas! dès qu'ils ont vu le jour,
Du sein de leurs parents qu'ils ne doivent connaître,
Que pour les maudire à leur tour.

De là viennent enfin l'éternelle rupture
Du lien de famille, autrefois si brillant,
Et ces sociétés tombant en pourriture,
Et sur leur base s'écroulant.

Femme, relève-toi... Dieu ne t'a pas fait naître
Pour voir passer la vie inutile ici-bas,
Mais pour compléter l'homme et lui faire connaître
Le bien que seul il ne voit pas.

Celui qui de son sein une fois t'a bannie,
Qui veut marcher sans toi dans nos sentiers brûlants,
Sent bientôt s'épuiser sa force et son génie,
Sent bientôt mourir ses talents.

En vain, dans son orgueil et dans son impuissance,
Il veut prendre parfois des poses de géant,
Les plus vastes travaux qu'enfante sa science
Sont frappés au sceau du néant.

C'est que, Dieu l'a voulu, le souffle de ton âme
Peut seul donner la vie à ses créations,
Ainsi que du soleil, la fécondante flamme,
La séve aux végétations.

Sache-le donc, enfin, si, depuis tant d'années,
L'homme errant cherche un but qu'il voit toujours faillir,
C'est parce qu'il veut seul remplir les destinées
Qu'ensemble vous devez remplir.

Cesse donc de gémir, d'incliner vers la terre
Tes regards par l'injure et le doute attristés;
Laisse tes détracteurs chercher le grand mystère
Du néant de tes facultés.

Prouveront-ils jamais, dans leur vaine science,
Quand ils auront placé sur ton front leur compas,
Que tu peux à ton fils transmettre une puissance
Et des vertus que tu n'as pas?

Non, non, lorsque ce fils apporte à sa naissance
Le signe rayonnant de l'immortalité,
Sois-en fière, il le doit moins à sa mâle essence
Qu'au noble sein qui l'a porté.

Pour reprendre ton rang, lutte, combats, délivre
Ton âme et ta raison de leur épais linceul;
Sache de la science enfin ouvrir le livre
Que l'homme veut connaître seul.

Et qui sait si de Dieu la sagesse profonde
N'a pas conçu sur toi quelque puissant dessein?
Qui sait si les secrets de l'avenir du monde
Ne sont pas cachés dans ton sein?

Travaille donc, grandis, observe, cherche, pense :
Tu le peux, sans jamais faillir à ton devoir.
Tu trouveras bientôt ta juste récompense
Dans les saints conseils du savoir.

Il te dira d'abord : « Si tu n'as, dans la vie,
» Connu que les labeurs, l'abandon, les ennuis,
» Aux riches d'ici-bas ne porte point envie :
» Tous n'ont pas tes paisibles ennuis. »

Riche, il te dira : « Garde et ta pureté d'ange,
» Tes projets d'avenir et tes rêves divins ;
» N'accorde à nul le droit de les vendre en échange
» D'un tas d'or ou de titres vains. »

Puis il te dira : « Mère, élève ta famille,
» Préserve tes enfants de toute impureté,
» Fais naître dans le cœur de ton fils, de ta fille,
» La justice et la vérité.

» Ne compte point les jours du bonheur éphémère
» Que, loin de leur berceau, le monde peut t'offrir ;
» Prépare le chemin que les leçons de mère
» Et le temps doivent leur ouvrir.

» Parmi tous les plaisirs que ce monde renomme,
» Le seul dont tu pourras jouir avec fierté,
» Ce sera de donner une compagne à l'homme,
» Un homme à la société. »

Enfin il te dira : « Toujours, avec courage,
» Sache être de ton sexe et l'exemple et l'appui,
» Et ne permets jamais qu'on l'insulte ou l'outrage,
» Car c'est toi qu'on outrage en lui.

» Surtout, songez-y bien : dans la famille humaine,
» Quand une de tes sœurs cède à l'adversité,
» C'est un anneau de plus qu'on ajoute à la chaîne
» Qui menace ta liberté. »

22 Novembre 1856.

LES CRIMES DE LA MISÈRE

ET CEUX DE LA FORTUNE

Il y a, sur cette terre, deux puissances, vieilles comme les sociétés humaines, comme elles éternellement en guerre : Ce sont la Misère et la Fortune. Ces deux ennemies ont pourtant un trait d'union puissant : le Travail. Si elles pouvaient y joindre l'Amour, elles sauveraient le monde. C'est dans l'espoir de les conduire à ce but que j'ai fait cette pièce.

La Fortune, front haut, superbement vêtue,
Rencontre un jour sur son chemin,
La Misère, en haillons, décharnée, abattue,
Marchant un bâton à la main.

L'entendant, d'une voix plaintive, presque éteinte,
Gémir, l'implorer humblement,
Elle s'arrête et dit : « Porte à d'autres ta plainte,
» Passe... et subis ton châtiment.

» Misérable! depuis les premiers temps du monde,
» Défiant la Divinité,
» On te voit t'attacher, comme une lèpre immonde,
» Au flanc pur de l'humanité.

» Dès que l'amour lia, comme une sainte chaîne,
» Les hommes, tu parus entre eux,
» Traînant avec le vol, la discorde, la haine,
» Les vices les plus monstrueux.

» Bientôt, armé par toi, dans l'ombre, le mystère,
» Le meurtre, suivi du remord,
» Pour la première fois, aux échos de la terre,
» Fit répéter le cri de mort.

» Depuis lors, le soleil, dans sa course bénie,
» Ne porta la vie en nul lieu,
» Où tu n'allas tuer vertu, grandeur, génie,
» Courage, amour et foi en Dieu. »

Comme l'arbre se courbe au vent de la tempête,
La Misère laissa d'abord
Tomber jusqu'à ses pieds ses longs bras et sa tête,
L'âme sous le poids du remord.

Se redressant bientôt comme la bête fauve
Que le plomb frappe en son sommeil,
Elle sentit briller d'un rayon son front chauve;
Son visage devint vermeil.

Pour la première fois, le sang, dans ses artères,
Courut à flots pressés, ardents;
Sa voix, comme la voix sinistre des cratères,
Eut des accents sourds et stridents :

« Marâtre aux flancs d'airain... maudis mon existence, »
Dit-elle, « toi dont je la tiens...
» Maudis mes crimes, toi qui voles ma substance
» Pour pouvoir commettre les tiens.

» Quand je tombe, parfois, sous le bec et la serre
» De l'inexorable vautour
» Que l'on nomme la faim... qu'il étreint et lacère
» Mes os et mes chairs, tour à tour,

» Je me venge en frappant... mais toi, lâche, au contraire,
» Chacun de tes coups est porté
» Avec calme, en riant, seulement pour distraire
» Ton éternelle oisiveté.

» Pour un homme au cœur fort et qui sort de la lutte
» Pur, grand et noblement vainqueur,
» Combien d'autres ont dû, pour vaincre dans leur chute,
» Etouffer leur âme et leur cœur!...

» Lorsqu'à ces favoris tu consens à remettre
» Leur part de ton or entassé,
» Quel crime monstrueux leur as-tu fait commettre?
» Sur quel cadavre ont-ils passé?

» L'un, pendant son sommeil, étrangla son vieux père;
» L'autre tua, dans son château,
» Sa jeune et riche épouse, ainsi qu'en un repaire :
» A coups d'épingle. . ou de couteau.

» L'un, au jour du danger, a vendu sa patrie;
» L'autre égorgea des nations.
» Celui-ci, dans son antre, au nom de l'industrie,
» Broya des populations...

» Au gages d'un tyran, l'un a mis son génie;
» Un autre l'a prostitué...
» De ses nobles aïeux, celui-ci qui les nie,
» Vendit leur nom, qu'il a tué.

» Oubliant ses bienfaits, l'un a livré son maître;
» L'autre a mis son asile en feu;
» Celui-ci, rénégat, comme il fut jadis traître,
» Après son roi, vendit son Dieu.

» De mes crimes, des tiens, austère souveraine,
» Compare à présent le tableau,
» Et vois qui de nous deux est de la race humaine
» Le plus exécrable fléau! »

La Fortune, à son tour, courbant la tête altière
Aux sons de la terrible voix,
Tressaillit... et sentit tomber de sa paupière
Des pleurs pour la première fois.

Elle crut voir passer leurs victimes dans l'ombre,
Marchant, plaintives, sur deux rangs,
Les siennes lui semblaient vingt fois en plus grand nombre
Et poussaient les cris les plus grands.

Elle comprit, alors, que l'abîme où le monde
Roulait depuis tant de mille ans,
Était creusé par elle... Une terreur profonde
Lui fit ouvrir ses bras tremblants.

Elle y prit la Misère... et, pendant leur étreinte,
Toutes deux jurèrent d'unir
Leur pouvoir pour créer, avec une ardeur sainte,
Au monde un nouvel avenir.

Très souvent, depuis lors, leur serment les rassemble,
Et bientôt, la main dans la main,
On les verra, sous l'œil de Dieu, marcher ensemble
Pour le bonheur du genre humain.

LES LOIS DE LA NATURE

Dans un cloître, gardé par une sombre enceinte,
Des femmes consacraient leur existence à Dieu.
L'une, fort belle encor, qu'on appelait *la Sainte,*
Vivait depuis vingt ans sans sortir de ce lieu.

Entourant son passé du plus profond mystère,
Elle se condamnait à tant d'austérité,
Qu'elle semblait presser le retour à la terre
D'un corps que dès longtemps son âme avait quitté.

Une nuit, qu'elle allait prier à la chapelle,
Un jeune homme, aux traits fiers, par la douleur pâlis,
Vint, tremblant, se jeter à genoux devant elle,
Et, lui prenant les mains, dit : « Je suis votre fils !

» Hier, l'humble femme, hélas ! que j'appelais ma mère,
» M'apprit, en expirant, le secret de mon sort.
» Brisé, fou de douleur, j'allai trouver mon père ;
» Il me ferma ses bras..... Je courus à la mort.

» Mais une voix me dit que, plus grande et plus sainte,
» L'âme de mère enferme un plus puissant amour.
» Je viens à vous, tremblant d'espérance et de crainte :
» Ne me repoussez pas, ma mère, à votre tour ! »

Comme aux échos lointains d'un passé plein d'orage,
La sainte a tressailli... Mais, détournant les yeux,
Sans un cri, de ses mains, froide, elle se dégage,
Et sort en reculant, en lui montrant les cieux.

Lentement, chancelant, muet, courbant la tête,
Ecrasé, l'inconnu s'éloigne de ce lieu,
Gagne un sentier désert et tout à coup s'arrête,
Lève le bras, se frappe et tombe implorant Dieu.

La sainte au loin paraît, d'un long voile couverte ;
Elle approche... Un rayon de la lune passant,
Le lui montre à ses pieds, la poitrine entr'ouverte,
Crispé, râlant, livide et couvert de son sang.

Se courbant, l'œil hagard, elle le prend, l'appelle,
Le soulève, l'étreint, fait un suprême effort,
Le dresse et l'emportant à quelques pas, chancelle,
Tombe avec son fardeau qu'appesantit la mort !

Bientôt, remplissant l'air de ses plaintes funèbres,
Se déchirant le front, se meurtrissant le sein,
Folle, elle se relève et fuit dans les ténèbres
Comme pour accomplir un funeste dessein.

Le corps du suicidé, par des gens du village,
Dans un amphithéâttre, au jour, est apporté.
Un homme, au front blanchi par l'étude, avant l'âge,
Entre, alors, de nombreux élèves escorté.

Il vient prendre ce corps, au nom de la science ;
S'apprête à démontrer comment la vie a fui.
Tous, le front découvert, l'observant en silence,
Attendent son arrêt, groupés autour de lui.

Deux infirmiers, chargés d'une lourde civière,
Sur la dalle sanglante, apportent à l'instant
Un cadavre, qu'on a trouvé dans la rivière !
Auprès du suicidé, sur son ordre, on l'étend.

Il va, sur ces deux corps, porter sa main savante :
Déjà ses instruments des chairs ouvrent les plis...
Quand il s'affaisse et meurt dans un cri d'épouvante :
Il avait reconnu son amante et son fils !

LA LOI DES CHOSES

La vie a commencé... Le soleil vient de naître...
Tout est chants et parfums sous ses rayons brillants...
Une enfant, belle, chaste, émiette à sa fenêtre
Le pain de son labeur aux oiseaux gazouillants...

« Sans crainte, approchez-vous... prenez votre pâture,»
Leur dit-elle, imitant parfois leur douce voix...
« Puis vous irez chanter le ciel et la nature
» Et cacher vos amours dans les champs et les bois.

» Ah! si Dieu, comme à vous, m'avait donné des ailes,
» Je m'en irais aussi, dès que paraît le jour,
» Dans quelque bois en fleurs, sur des plages nouvelles,
» M'enivrer des parfums, de lumière et d'amour.

» — Votre vœu, dit un homme entrant dans sa demeure,
» Si vous cédiez au mien, s'accomplirait demain. »
« —Sortez! répond l'enfant. Pourquoi donc, à toute heure,
» Venir à notre porte et me suivre en chemin?

» —Parce qu'en tous lieux l'air où vous passez m'enivre..
» Et qu'en voyant flotter vos blonds et longs cheveux,
» Je sens mon cœur renaître et mon passé revivre...
» Parce que... je vous aime... et qu'enfin, je te veux... »

L'enfant, à sa fenêtre, alors, penchant la tête,
S'écrie : «Oh! Ciel! fuyez! mon frère!...» Il est trop tard.
Dans son trouble, à cet homme, elle offre une retraite...
Son frère entre... et lui dit, en chercha du regard :

« — Ecoute... Sur ce lit, quand mourut notre mère,
» Les yeux voilés de pleurs et, se penchant vers moi,
» Elle me dit : — Avant de quitter cette terre,
» Je veux, ainsi qu'à Dieu, me confesser à toi.

» Par l'homme que j'aimais dans l'abîme poussée,
» Près de vos deux berceaux je restai seule un jour.
» J'allais mourir, quand Dieu, vous ouvrant ma pensée,
» Vous fit tendre, en pleurant, le bras vers mon amour.

» Je relevai mon âme, et, vingt ans, sans relâche,
» Tu me vis me courber, pour vous, sur mon labeur.
» Mais je vais terminer ma vie avant ma tâche,
» Quand je ne serai plus, veille bien sur ta sœur!

» Si mon sort la menace, un jour, fais-lui connaître
» Mon funeste passé. — La mort trancha sa voix.
» Ce jour est arrivé... J'ai vu, par la fenêtre,
» Un homme, à l'instant, là, pour la deuxième fois. »

Dans un meuble, prenant l'image de leur mère :
« — Sur ces traits adorés, pour t'éviter son sort,
» Je jure, ajoute-t-il, frémissant de colère,
» Si cet homme revient, de vous tuer. » Il sort.

L'enfant, le front couvert d'une pâleur mortelle,
S'affaisse, en étendant vers le portrait sa main.
L'homme rentre, le voit, le prend, et dit : « C'est elle!
» Sans toi, Dieu créateur, qu'aurais-je été demain? »

Et, relevant l'enfant : « — De la sainte victime,
» Oh! ma fille, tu vois devant toi le bourreau.
» Mais, m'arrêtant au bord du plus profond abîme,
» Dieu, d'un homme perdu, fait un homme nouveau.

» Au père repentant, oh! pardonne, fais grâce!
» Je veux, par mon amour, expier mon erreur. »
Le frère reparaît... Le voyant qui l'embrasse,
Il s'élance, et lui plonge un couteau dans le cœur!

« Ah! qu'as-tu fait? Tu viens de tuer notre père!... »
Dit l'enfant, remplissant l'air d'un cri déchirant.
« — Les choses ont leur loi... J'ai tué votre mère...
» Pardonnez-moi tous deux!... » dit l'homme en expirant.

LES PAUVRES

Voici l'hiver... Il vient comme un mauvais génie,
Amenant sur ses pas,
Avec le froid, la faim, la fièvre, l'insomnie,
Des maux qu'on ne sait pas.

Cachant aux malheureux l'infernale cohorte
Des fléaux qu'il conduit,
Sinistre, il vient, la nuit, les grouper à la porte
De leur pauvre réduit.

Puis son souffle, sifflant à travers les fissures,
Sombre comme le glas,
Fait pleuvoir sur leur corps, qu'il couvre de morsures,
La neige ou le verglas.

S'éveillant pleins d'effroi, poussant de sourdes plaintes,
Les malheureux, alors,
Font, pour se dégager des funèbres étreintes,
De suprêmes efforts.

Mais voyez-vous, là-bas, au débris d'un naufrage,
L'enfant des matelots?
D'abord plein de vigueur, de force et de courage,
Il surmonte les flots;

Il s'épuise bientôt, il appelle, il implore,
Les yeux au ciel levés...
Qu'on aille à son secours! Il en est temps encore,
Et ses jours sont sauvés.

Nul ne vient... C'en est fait... Il cède... et la tourmente
L'entraîne loin du port...
Et chaque bond qu'il fait sur la vague écumante
Est un pas vers la mort.

Semblable est leur destin... Ignorés dans la foule,
Ils appellent en vain.
La foule indifférente, hélas! passe, s'écoule,
Sans leur tendre la main...

Brisés, cédant bientôt au sort qui les opprime,
Sans crainte ni remord,
Les uns vont se jeter ou dans les bras du crime
Ou dans ceux de la mort!

Les autres, pour sauver les restes de leur vie,
D'un bond précipité,
S'élancent jusqu'au fond du gouffre d'infamie,
D'où nul n'est remonté.

Pour garder purs et forts tous ces êtres au monde,
Et ces âmes à Dieu,
On songe, le cœur plein d'amertume profonde,
Qu'il eût fallu si peu!

Pourtant ne doutons pas de la nature humaine :
Chaque homme a, dans son cœur,
Plus de bien que de mal, plus d'amour que de haine,
De raison que d'erreur.

Pour en faire jaillir l'étincelle divine,
Que faut-il quelquefois?
Un seul regard, un mot murmuré, qu'il devine,
Aux doux sons de la voix...

Mères, épouses, sœurs, à vous cette œuvre sainte,
A vous de diriger
Le fils, l'époux, le frère, où l'on entend la plainte
Du pauvre à soulager.

A vous, anges du bien, vous qui savez comprendre
Les profondes douleurs...
Femmes, qui pouvez tout, à vous de leur apprendre
L'art de sécher les pleurs !

FATALITÉ

Une profonde nuit enveloppe le monde ;
Au sombre bruit des vents, du tonnerre qui gronde,
On entend, au lointain, se mêler dans les airs,
Les longs rugissements du lion des déserts.
Depuis quelques instants, le soldat, dans l'attente
Du combat que l'orage a deux fois suspendu,
Au pied des hauts palmiers repose sous sa tente,
Quand ce cri : « l'ennemi ! » soudain est répandu.
Comme au feu du chasseur on voit une panthère
Bondir en lui lançant de foudroyants regards,

A ce mot qu'a soufflé le démon de la guerre,
Mille hommes sont debout, menaçants ou hagards.
Chacun, en trébuchant, sur ses armes s'élance;
On s'assemble, on se presse et l'on forme les rangs;
Puis, écoutant, l'œil fixe, immobile, en silence,
On attend l'ennemi qui s'approche à pas lents.
Il vient... il est en face... En une nappe immense
Des deux côtés alors le feu brille et s'éteint;
Chaque rang, tour à tour, recharge, recommence,
Remplace, en se serrant, ceux que la balle atteint.
La grêle et la fumée augmentent les ténèbres.
Vainement les blessés, à genoux, pantelants.
Implorent des secours... leurs voix, leurs cris funèbres
Se perdent sans échos au bruit des feux roulants.
Le sang, le feu, la poudre exitent au carnage;
A chaque pas qu'il fait, le soldat, dans son cœur,
Sent la pitié mourir et s'accroître la rage;
Il n'a plus qu'un penser : celui d'être vainqueur.
Ainsi qu'en se cherchant deux laves de cratère
Vont couvrant leur chemin de leur anneaux brûlants,
Les deux camps ennemis marchent couvrant la terre
D'une couche de corps déchirés et sanglants.
Mais les armes bientôt se heurtent, le feu cesse...
On se cherche, on se touche, on se frappe au hasard,
On s'étreint, on s'égorge, on tombe, on se redresse,
On foule, on râle, on meurt, on fuit de toute part;
On sent des mains de fer tordre les baïonnettes,
Des ongles et des dents vous déchirent la chair,
Des crosses de fusils tourbillonnent dans l'air,
On entend fracasser des membres et des têtes!
Quand d'un rapide éclair la livide lueur
Arrache à tous un cri d'épouvante et d'horreur,
Et fait tomber des mains les armes meurtrières :
Fatalité!... les camps ont reconnu leurs frères!!!

JEANNE

Vous, pour qui la fortune a, des plis de son aile,
Fait un bouclier d'or contre toutes douleurs...
Vous, pour qui la vie est une joie éternelle,
Et pour qui les chemins sont parsemés de fleurs.

Vous, qui ne connaissez des tourments de ce monde
Que ceux éclos du sein de vos frivolités,
Oh ! vous qui supposez, dans votre erreur profonde,
Qu'ici-bas, nul ne souffre... écoutez... écoutez...

Aux dernières lueurs de la lune qui passe,
Sous un chaume isolé, que le souffle des vents
Renverse par lambeaux en montant dans l'espace,
Deux êtres vont quitter le nombre des vivants.

C'est Jeanne et son enfant : la honte et l'innocence,
Que l'horrible misère achève de briser.
Sentant venir la mort, Jeanne, l'œil en démence,
Sur le front de son fils pose un dernier baiser.

A cet adieu tombé de ses lèvres livides,
L'enfant reste muet... — Pitié, Dieu créateur !
Dit-elle, et d'un lambeau de ses haillons sordides,
Elle le couvre et veut l'emporter sur son cœur.

Mourante, elle se traîne aux humides murailles,
En criant au secours... Mais ses bras affaiblis
Ne peuvent plus porter le fruit de ses entrailles.
Elle chancelle et tombe en embrassant son fils.

Sous le coup de leur chute, il tressaille, il s'éveille ;
Puis, l'œil hagard, il cherche, il cherche... mais en vain,
Au sein pâle et flétri qu'il a tari la veille,
Une goutte de lait pour apaiser sa faim !

« Seigneur, Seigneur ! j'attends, dit Jeanne en sa folie,
» L'ange de la pitié, pour croire encore en toi.
» Pour mon fils, en mon sein, fais descendre la vie...
» Si j'ai failli, doit-il expier avec moi !

» Non, non... grâce pour lui... que ta bonté surmonte
» Le mépris que t'inspire un front déshonoré.
» Grâce pour lui... le sien n'est pas teint de ma honte ;
» Vois, qu'il est pur et beau ! rien ne l'a défloré.

» Pitié pour mon enfant... pour l'âme de mon âme...
» S'il faut un holocauste à ta juste fureur,
» Ne prends que moi... pourtant je ne fus pas infâme ;
» J'étais seule ici-bas... la mort me faisait peur... »

Elle dit, et ses yeux se remplissent de larmes.
Bientôt l'effroi la glace ; elle sent que la mort,
Pour trancher leurs destins, vient d'aiguiser ses armes.
Son fils pleure... il a faim... dans sa rage, il la mord...

Sa faim redouble... il crie... et d'une bouche avide,
Tandis que, pour lui, Jeanne implore l'Éternel,
Il fait couler le sang de sa mamelle vide
Et semble s'enivrer du tourment maternel.

Alors, les yeux brillants d'amour et d'espérance,
Jeanne s'écrie : « Oh ! oui, mon enfant, je le veux ;
« Tu vivras ! tu vivras ! » Oubliant sa souffrance,
Elle jette sur lui ses longs et beaux cheveux.

« Chauffe-toi, nourris-toi des restes de ma vie...
» Dit-elle, et si je meurs, lorsque viendra le jour,
» La Pitié te prendra sous son aile bénie.
» Oui, je le sens, Dieu l'a promis à mon amour. »

Pressés l'un contre l'autre en une froide étreinte,
Leurs âmes, doucement, et lambeau par lambeau,
Dans un même baiser, dans une même plainte,
S'envolent pour un monde et meilleur et plus beau.

Pour leur faire oublier de semblables tortures,
Trouveront-ils aux cieux le fleuve du Léthé,
Seigneur! et pour guérir leurs sanglantes blessures,
Possèdes-tu là-haut quelque baume enchanté?

Vous ne comprenez pas que des larmes amères
S'échappent de mon cœur à de pareils tourments.
Vous qui fermez les yeux sur toutes les misères,
Pour ne voir que plaisirs, partout, à tous moments.

Vous ne comprenez pas, ô femmes du grand monde,
Qu'orpheline à seize ans... sans asile... ayant faim...
Jeanne ait courbé son front sous une lèvre immonde.
Et vendu ses baisers pour un morceau de pain!

Vous ne comprenez pas, enfin, que moi je chante
Ce que vous appelez de honteuses douleurs,
Et vous ne direz pas que ma voix vous enchante,
Car ma lyre, toujours, est humide de pleurs.

Mais qu'importe... ma muse, éternellement pure,
Pose son pied partout où la fange n'est pas...
Son père est Dieu... sa mère est la sainte nature...
Et c'est pour éclairer qu'elle chante ici-bas.

LOUISE BORNET.

LE MONSTRE

Il est sur terre un monstre au regard terne, avide,
Aux membres décharnés, à la face livide,
Aux funèbres accents :
Il fuit le bruit, l'éclat, le luxe, l'opulence,
Cherche l'obscurité, la nuit et le silence,
Et craint l'œil des passants ;

Il couche dans les bois, les antres, les décombres,
Sur les chemins ; parfois, il erre avec les ombres,
Ainsi qu'un criminel.
Et ce monstre pourtant se repaît de victimes
Au front immaculé, nobles, grandes, sublimes,
Chères à l'Eternel.

Le talent, la vertu, la vieillesse, l'enfance,
Le génie, en tout lieu, se trouvent sans défense
Contre sa cruauté.
Le lâche, l'apostat, le pervers, le transfuge,
Toujours contre ses coups trouvent un sûr refuge
Dans leur iniquité.

Il n'est point de cités ni de lointains rivages,
De pays florissants qui n'aient vu ses ravages,
Ses désastres sanglants.
Partout la trahison, le meurtre, le suicide,
La prostitution, le vol, l'infanticide,
Suivent ses pas tremblants.

Quand il vient le frapper, il montre au misérable
Son cortége, et lui dit quelque mot effroyable
Que lui dicte l'enfer.
S'il résiste à sa voix, son œil alors s'anime,
Il s'approche, se penche et saisit sa victime
Dans ses serres de fer;

Sur sa couche il l'étend, la tourne, la redresse,
La ramasse, l'allonge... avec fureur il presse
Ses membres et ses flancs;
Et, redoublant toujours son infernale étreinte,
Il la tord, la déchire, en étouffant sa plainte
Sous ses baisers brûlants.

Quand, sous ses dents, le monstre a senti fuir la vie,
Il reprend, en léchant sa lèvre inassouvie,
Son voyage sans fin.
Quel est-il?... Demandez aux fléaux de ce monde :
A la guerre, à l'usure, à l'égoïsme immonde,
Ils diront : « C'est la faim!!!

L'USINE

—

La nuit tombait, un homme, un vieillard, un saint prêtre,
Aux traits presque divins... ornés de cheveux blancs...
Seul, triste, au bord d'un bois marchant à pas tremblants,
Vint, le front dans ses mains, s'asseoir au pied d'un hêtre.

Immobile, courbé, froid et silencieux,
Il resta là, longtemps, ainsi qu'un bloc de pierre...
Quand il se releva, des pleurs plein la paupière,
Il dit, d'une voix faible, en regardant les cieux :

« Ayez pitié de moi, Seigneur... car je succombe
» Sous le poids de ma tâche en impuissants efforts...
» Il est une heure, hélas! où l'âme des plus forts
» A besoin de laisser sa dépouille à la tombe...

» Vingt ans, contre le mal, en vain j'ai combattu;
» Comme un vent du désert qui dessèche la plaine,
» Un homme au cœur d'airain, sous son impure haleine,
» Dans cet humble village, a tué la vertu.

» Parqués, pâles, courbés... longtemps avant l'aurore
» Et longtemps dans la nuit, il tient deux cents enfants.
» Dans son antre, entourés de brasiers étouffants,
» Et respirant un air en feu qui les dévore...

» Puis, complice odieux des machines de fer,
» Entraînant tour à tour ces pauvres créatures :
» Sans pitié pour leurs pleurs et leurs longues tortures,
» Il consomme en riant son œuvre de l'enfer!...

» Et quand l'enfant, le soir, rentrant dans sa chaumière,
» Cherche, morne, tremblante, à cacher sa pâleur...
» La pauvre mère, hélas! comprenant son malheur
» Détourne de son front ses yeux et la lumière.

» Et les jeunes garçons, dans de lointains hameaux,
» Maintenant s'en vont tous chercher leurs fiancées.
» Et, bien avant leur temps, mes pauvres délaissées
» S'éteignent sous le poids de la honte et des maux!...

» Une seule restait pure dans sa famille...
» Il l'a prise aujourd'hui... que deviendra, demain,
» Le pauvre enfant qui l'aime et demandait sa main
» A la mère, hier encor, si fière de sa fille? »

Un long cri fait alors retentir la forêt...
Le vieillard se retourne et voit dans le feuillage
Un homme qui, fuyant du côté du village,
Traverse les sentiers... et bientôt disparaît.

L'usine, au jour, resta fermée... et l'on vint mettre
A la porte, bientôt, des tentures de deuil...
Puis, on y déposa, cloué dans un cercueil,
Une large blessure au cœur, le corps du maître!...

Du village désert, pas un seul être humain
Ne vint garder le mort ou lui jeter l'eau sainte.
Le soir, quatre hommes noirs, de la funèbre enceinte,
Le portant sur leur dos, prirent seuls le chemin.

Leur pied allait franchir le seuil... quand, sur la terre,
S'offrent à leurs regards saisis, épouvantés...
Côte à côte... étendus... deux corps ensanglantés,
Et dont la vie, à peine avait fui chaque artère.

C'était deux beaux enfants... l'un portant sur son front
L'inflexible fierté de son adolescence...
L'autre, dans son aurore... et pleine d'innocence,
Semblait encor rougir de son premier affront...

Le jeune homme, œil ouvert, bras tendu, main crispée,
Tenant un long couteau teint de leur noble sang,
Semblait dire, en montrant la victime passant :
« Las de ses crimes, Dieu, par ma main, l'a frappée!!! »

LE PILORI

Ne pouvant à leur corps infliger de tortures,
Ni livrer au remords leur cœur mort ou pourri,
J'ai saisi sans pitié toutes ces créatures
Et cloué leur mémoire infâme au pilori.

I

Comme l'oiseau qu'attire en son trou la couleuvre,
Des écrivains obscurs, attirés par la faim,
Dans l'antre de ce juif, viennent livrer leur œuvre,
Qu'il vend au prix de l'or et paie au prix du pain.

II

Pauvre, mais jeune, instruit, ce lâche, d'un vieux comte
Qu'il servait, un matin heureux et triomphant,
Epouse la maîtresse, adopte son enfant,
Et sort de la misère... en entrant dans la honte.

III

N'est-il pas monstrueux de voir des gens changer
Leurs burins en poignards, leurs plumes en rapières.
Quand, la massette en main, ils pourraient, pour manger,
Sur une grande route aller casser des pierres?

IV

— « Que votre femme vienne... et vous serez nommé, »
Dit ce haut personnage à cet époux honnête.
Il se tait... sort... Demain, tout sera consommé...
Et la foudre en tombant égargnera leur tête!

V

Jamais cynique auteur ne laissera dans l'art
Un sillon glorieux. — Tes œuvres éphémères
Avec toi périront, exécrable vieillard
Qui souilles les enfants jusqu'aux bras de leurs mères.

VI

Ce détritus humain qui se croit un titan,
Hier, croupissait sans gîte et sans pain, dans la fange...
Aujourd'hui qu'il en est arraché par un ange,
Sans honte, avec son or, il tranche du sultan.

VII

« Pour que votre mémoire après vous soit bénie,
» Faites la charité, » dit ce saint écrivain ;
Et vingt fois pour vingt sous un homme de génie,
A sa porte, mourant, irait frapper en vain.

VIII

Las du noble fardeau d'une honnête indigence,
Ce vieillard, pour de l'or, vendit sa nation.
Son crime monstrueux est encor sans vengeance ;
Mais déjà son nom passe à l'exécration.

IX

Quand je vois applaudir par de douces mains blanches
Ce vil déclamateur, grimaçant la vertu,
Je voudrais voir son corps pantelant sur les planches
Sous quelque pan de mur par la foudre abattu.

X

Quatorze heures par jour pour soixante centimes,
Ce vieillard tint courbés, trente ans, six cents enfants...
Et l'enfer ne fait pas, à ses yeux triomphants,
Suinter son château du sang de ses victimes !

XI

Dès que, jeune, dans l'art, une femme apparaît,
Ce vil écrivassier la rançonne ou l'outrage,
Et pas un frère encor n'a trouvé le courage
De lui planter au cœur deux pouces de fleuret!

XII

Maigre, fluet, cassant, comme un rameau de verne,
Peau cuivrée, œil vitreux, crâne plat, cœur d'airain,
Ce Panurge a couvert de tessons, le terrain
Où broute le troupeau de moutons qu'il gouverne.

XIII

Flatteur, rusé, rampant, né pour être maçon,
Ce vieux singe de l'art, traînant son corps obèse,
Dépose, du crapaud et du colimaçon,
La bave et le venin sur toute main qu'il baise.

XIV

De quoi vit ce lion qui, la canne à la main,
Le binocle sur l'œil, sans cesse se promène?
Il part et laisse seule... une fois par semaine,
Son épouse chez lui... du soir au lendemain.

XV

Ce monstre, en son château qu'un vieux blason décore,
N'osant tuer sa femme à coups de coutelas,
La fit, ayant sa dot, mourir victime, hélas!
D'un crime que la loi ne punit pas encore.

***

Saignants à vos gibets, comme des criminels,
Rugissez maintenant, poussez des cris de haine.
Pour vous en arracher, toute puissance est vaine :
Les poteaux sont d'airain, les clous sont éternels.

HONTE AU SIÈCLE

Après avoir, le jour, la nuit, quinze ans, sans trêve,
Frémi sous les ergots de la lubricité,
Cette femme, en sa fange, un matin, se relève
Puissante de cynisme... et d'impudicité!

Puis, revoyant, alors, à toutes les broussailles
Son corps, son cœur, son âme, en lambeaux suspendus,
Sur le monde reverse, ivre de représailles,
Tous les poisons, quinze ans, sur elle répandus...

Et l'on voit, honte au siècle! étreinte, folle, avide,
La foule, chaque soir, savourer longuement,
Béante, suspendue à sa lèvre livide,
La dépravation... et l'abrutissement.

Honte plus grande encor!... des idoles du monde,
Ouvrant à la Phryné leur boudoir somptueux,
Les pieds sur leurs blasons, de sa science immonde,
Achètent à prix d'or les secrets monstrueux!....

Enfin, chose sans nom... des courtisans du vice,
Encensent le talent et protégent les pas
D'un monstre que l'Enfer a pris à son service,
Et qu'aux antres du crime on n'applaudirait pas!...

LA CARAVANE HUMAINE

Le Christ a dit : « Aimez-vous les uns les autres. » Les temps sont venus de nous dire : « Éclairons-nous les uns les autres. » Il faut que la lumière achève ce que la foi a commencé. — Il s'accomplit, à notre époque, dans les esprits, une révolution cent fois plus grande que celle qui eut lieu au commencement de notre ère. — La conscience humaine se retourne, un monde nouveau se fonde. — La gloire sera à ceux qui auront hâté son avènement.

La terre, sillonnée et frémissante encore
Au bruit de ses derniers et longs déchirements,
Avait vu s'engloutir, à la première aurore,
Le géant du Chaos sous ses débris fumants.
Debout, portant au front le sceau de la pensée,
L'homme apparaît au sein de la création;
Des siècles à venir l'œuvre était commencée;
Il vient pour l'accomplir : c'est là sa mission.
Bientôt, pour sa tribu, rêvant une patrie,
Avec elle, de l'Inde, il part, il marche, errant,
Et cherchant le progrès dans l'art, dans l'industrie,
Tantôt prêtre ou pasteur, et tantôt conquérant,
Trouvant sur son chemin la caravane humaine,
Alexandre entreprend d'enchaîner son destin;
Mais écrasé, bientôt, sous le poids qui l'entraîne,
Il succombe abattu sur le lit d'un festin.
César reprend son œuvre, et, d'une étreinte avide,
Il croit saisir le monde... et n'étreint que le vide.
Il tombe... le Christ naît... pour arme, il prend la foi :
Mais, repoussant la force, il en subit la loi.
L'humble religion, que son martyre enfante,

Jusqu'aux portes de Rome arrive triomphante...
Le Paganisme fuit... mais bientôt, plus puissant,
Le Fanatisme assied son pouvoir dans le sang...
A des maîtres cruels, prêts à servir sa haine,
Il livre, au nom du Ciel, les peuples qu'il enchaîne...
Comme un bétail humain, pendant quinze cents ans,
Sans liens et parqués, ils se traînent rampants,
Mêlant, l'âme brisée et pleine de ténèbres,
Le long bruit de leurs fers à leurs plaintes funèbres.
Parfois, à leur réveil, sentant passer, dans l'air,
Comme un souffle de Dieu, dans leur âme, un éclair.
Ils ébranlent le monde en un effort sublime,
Mais retombent bientôt plus meurtris dans l'abîme...
Du fond de l'Allemagne, un fougueux orateur
Apparaît en ces temps comme un libérateur.
Sa voix a réveillé la conscience humaine...
Chaque peuple se lève et veut briser sa chaîne...
Tremblant pour son pouvoir, parmi les rois chrétiens,
Le Fanatisme, alors, va chercher des soutiens;
Mais tous, à son exemple, en vain tirent le glaive,
La lumière jaillit du bûcher qui s'élève...
Et grandissant toujours, elle éclaire, à la fois,
Sur tous les continents, les peuples et les rois...
L'ère de la raison commence sur la terre;
La science et les arts détrônent le mystère.
L'homme, enfin, peut de Dieu comprendre la grandeur;
De la mer et du Ciel sonder la profondeur...
Dirigé par l'aimant, il domine les ondes,
Il franchit l'Équateur et découvre des mondes.
Calme comme la force, et clément comme Dieu,
Alors, il offre à tous les fruits de sa conquête...
Mais, pendant qu'il répand ses bienfaits en tout lieu,
L'horrible fanatisme a relevé la tête.
Au nom d'un Dieu de paix, humble et petit d'abord,
Il va, priant, pieds nus, le corps ceint d'un cilice,
Refonder, par la foi, l'infernale milice
Qui, partout, doit porter l'épouvante et la mort...
Puis, quand il se croit bien certain de la victoire,

Il brandit un poignard et donne le signal,
Et répand par torrents le sang expiatoire
Des martyrs qu'il envoie au divin tribunal!
Et, pendant six cents ans, trente millions d'âmes
Remontèrent à Dieu, laissant sur les bûchers,
Les arbres, les gibets, le sommet des rochers,
Leurs corps que dévoraient les corbeaux ou les flammes.
Mais, un jour, s'éveillant repu de sang, de chair,
Le Fanatisme est pris d'une terreur profonde...
Un cri de délivrance a retenti dans l'air...
Voici QUATRE-VINGT-NEUF!... enfin... voici le monde!!!
Puissant fils des Titans, il s'élance aux combats,
Fait crouler les cachots et renverse les haines...
Et, sur toute la terre, il se fait des soldats,
Des peuples dont il vient briser enfin les chaînes...
Depuis, pour accomplir son œuvre de géant,
Sans s'arrêter un jour, il poursuit sa carrière...
Et tous ses ennemis, sortant de leur néant,
Ne le feront jamais retourner en arrière!!!

UN DRAME DANS UNE FORÊT

Dans une forêt sombre, assis au pied d'un chêne,
Sur ses genoux courbés s'inclinant à demi,
La tête et les pieds nus, le corps couvert à peine,
Un fusil sous la main, un homme est endormi;
Son front bas, son œil creux, son col fort, son visage

Que cachent à moitié sa barbe et ses cheveux;
Sa poitrine velue et ses membres nerveux,
Lui donnent un aspect primitif et sauvage...
C'est Jean le Braconnier... Déjà, depuis longtemps,
Les oiseaux ont chanté le lever de l'aurore;
Tout se livre au travail... et lui sommeille encore,
Tranquille, insoucieux des travaux du printemps,
C'est que rien ne le lie à la famille humaine...
Sans parents, sans amis, sans amour, sans savoir,
Il vit dans la forêt où son instinct le mène :
N'ayant point de bonheur, il n'a point de devoir.
Un creux d'arbre ou de roc, la mousse ou le feuillage,
Voilà pour son sommeil;... pour apaiser sa faim,
Des racines, des fruits;... sa soif, l'eau du ravin.
Parfois, il fait pourtant un peu de braconnage.
Ne pouvant l'arrêter, le Garde vint, un soir,
Lui brûler sa cabane... En y voyant la flamme,
Le Braconnier sentit se déchirer son âme.
Près de sa cendre, il vint, brisé, pleurant, s'asseoir.
Il avait, tout enfant, là, vu mourir sa mère...
Et là, quinze ans plus tard, un matin, sous ses yeux,
Un arbre, dans sa chute, avait tué son père...
Bientôt, il s'éloigna pour jamais de ces lieux.
Depuis, il vécut seul... Mais, là-bas, en silence,
Qui vient à pas de loup?... c'est le Garde du bois...
Il glisse d'arbre en arbre... et tout à coup s'élance,
Le saisit et lui dit : « Je te tiens, cette fois. »
Le Braconnier, aux sons de cette voix humaine,
Ouvre les yeux... regarde... et, le reconnaissant,
Il se lève... l'écarte... et veut s'enfuir... il sent
Renaître sa douleur... il a peur de sa haine...
Mais le Garde l'arrête, en invoquant la Loi.
Jean lui saisit les mains, s'en dégage et s'échappe...
Le Garde s'arme, court, l'atteint, et dit : « Suis-moi. »
Jean le repousse encor... mais le Garde le frappe.
Alors le Braconnier, voyant couler son sang,
Est saisi de vertige... il frisonne... il chancelle...
Son œil hagard bientôt se ranime, étincelle...

Jean sur son ennemi bondit en rugissant.
Ils s'étreignent... leur chair, partout se lève, s'ouvre
Sous les coups meurtriers ou portés ou reçus.
L'un tombe... de son corps l'autre aussitôt le couvre.
Le premier le retourne et reprend le dessus...
Ils se frappe sans fin, se déchirent, se mordent...
Les deux corps enlacés, ainsi qu'un bloc d'airain,
Fumants et pantelants, roulent, craquent, se tordent,
Brisant les arbrisseaux et creusant le terrain,
Au pied d'un chêne mort, enveloppé de lierre,
Horribles, fous, muets, bientôt les combattants,
Vont tomber, en roulant, dans une fourmilière...
Ils se lâchent, alors, pendant quelques instants.
Mais le Garde revient... Jean le prend, le terrasse,
L'étreint, et lui garrotte et les pieds et les mains.
En vain le garde fait des efforts surhumains;
Brisé, vaincu, bientôt il lui demande grâce...
Il prie, il prie encor, mais Jean ne l'entend pas...
Il l'attache au tronc d'arbre... et dans la fourmilière,
Debout!... puis sans jeter un regard en arrière,
Se bouchant chaque oreille, il s'enfuit à grands pas.

Quand il sent sur son corps cette lave vivante,
Monter en l'inondant de son âcre liqueur,
Le Garde croit sentir la mort glacer son cœur...
Il remplit la forêt de ses cris d'épouvante.
Il se penche, se tord pour briser ses liens;
Mais, plus le malheureux fait d'efforts et s'agite,
Plus promptes, les fourmis surgissent de leur gîte,
Pour frapper qui les trouble et défendre leurs biens.
Après avoir gravi jusques à sa poitrine,
Elles gagnent son cou, pénètrent dans ses yeux,
Ses oreilles, sa bouche, et dans chaque narine,
Et lui font endurer mille tourments affreux.
Le soleil vient encore accroître sa torture...
Les entrailles en feu, le corps gonflé, sanglant,
Bientôt le malheureux s'affaisse en s'étranglant...
L'invincible souffrance a vaincu la nature.

Depuis quelques instants, Jean cesse de courir...
Et, plus calme, il commence à sentir les morsures,
Des fourmis, irritant ses nombreuses blessures.
Il pense alors combien le Garde doit souffrir...
Il ralentit son pas... puis tout à coup s'arrête..
La douleur dans son cœur fait naître le remord.
Il revient... court... s'approche et relève la tête
Du Garde, le détache, et crie : « Il n'est pas mort! »
Son cœur bat, mais son corps est brûlé par la fièvre...
Que faire!... il voit sa gourde... elle contient du vin...
Il en mouille son front, ses tempes et sa lèvre.
Puis, le prend dans ses bras... court au fond d'un ravin.
Là, serpente un ruisseau; près du bord il le couche,
Lui fait un oreiller de la mousse du bois;
Puis étanche son sang et verse dans sa bouche,
L'eau qu'il prend dans sa main... recommence vingt fois.
Jamais fils n'eut des soins plus touchants pour un père...
Le Garde, vers le soir, moins pâle, moins souffrant,
Rouvre les yeux, le voit, lui prend la main, la serre...
Bientôt les ennemis s'embrassent en pleurant...
Victimes tous les deux de leurs destins contraires :
L'un cruel par devoir, l'autre par l'abandon,
Ils ont, dans un regard, échangé leur pardon :
L'amour, par la douleur, vient de les rendre frères!...

LES DEUX SPECTRES

Le vent mugit... La neige, au loin, couvre la terre,
Qui semble frissonner sous son épais linceul.
Comme un larron, dans l'ombre, un homme avec mystère,
D'un vieux château normand s'éloigne à minuit, seul.

Par des chemins déserts, dans lesquels nul ne passe,
Il gagne un chaume, il entre... Ouvrant son long manteau,
Il dépose un objet, donne un ordre à voix basse,
Puis revient sur ses pas et rentre en son château.

Dans une salle froide et presque sans lumière,
Une enfant, sur un lit, belle de la pâleur
Que vient de mettre aux fronts bénis le sceau de mère,
Dort de ce lourd sommeil qui présage un malheur.

Pleurant des visions de son pénible rêve,
Elle s'éveille au bruit lent et sourd de ses pas;
Et, le voyant muet, craintive, se soulève.
Demande son enfant... L'homme ne répond pas.

Sa main sur un berceau s'étend, cherche... il est vide!
De sa couche, aussitôt, s'élançant, elle sort;
Rentre, fouille, renverse, appelle et vient, livide,
Dans les yeux de cet homme interroger son sort.

Alors tout ce que Dieu fit d'amour, de colère,
De haine, de fureur, de larmes, de sanglots,
S'échappe tour à tour de son âme de mère...
Mais l'homme est sans pitié, les murs sont sans échos.

En vain, elle menace... appelle, appelle encore.
Et, de l'homme au berceau, court et revient vingt fois.
Brisée, à ses genoux, elle tombe, l'implore,
Et met, pour l'attendrir, son âme dans sa voix.

« Rendez-moi mon enfant! Que fait-il à cette heure?
» Loin de moi, par ce temps, combien il doit souffrir!
» Il a faim... il a froid... L'entendez-vous? il pleure...
» Conduisez-moi vers lui... de grâce... il va mourir.

» Venez! au nom de Dieu... Demain, avec ma honte,
» Dès l'aurore, j'irai le cacher loin de vous... »
Le froid l'étreint, le lait à la tête lui monte;
Elle s'affaisse, tombe, enlaçant ses genoux.

L'amour combat la mort, et vingt fois la ranime;
Elle veut, avec elle, entraîner son bourreau.
Elle meurt! Quand la tombe a couvert sa victime,
Il va chercher l'oubli dans un crime nouveau.

Il parcourt les cités, reprend sa vie ancienne.
Mais la morte a jeté le trouble dans ses sens...
Toute main semble avoir l'étreinte de la sienne;
Tous les yeux, son regard; toute voix, ses accents.

Il croit, dans chaque objet, le jour, voir son image;
Il entend son cœur battre à ses côtés, la nuit...
Son haleine, s'il dort, effleure son visage;
S'il marche, il voit partout son ombre qui le suit...

Il revient au château... Pour calmer sa torture,
Il va chercher l'enfant... mais l'enfant était mort.
Alors un voile noir s'étend sur la nature :
Il sent clouer son âme au gibet du remord!

Son enfant dans ses bras, une nuit, de sa tombe,
La morte sort, s'approche... et le prend par la main,
Avec elle l'entraîne... Il veut fuir... il y tombe,
Et sent sur lui tomber un couvercle d'airain.

Haletant, ruisselant d'une sueur glacée,
Il court à sa fenêtre; il l'ouvre, et, s'élançant,
Il va couvrir bientôt, la tête fracassée,
Ses grilles, de sa chair; ses dalles, de son sang!

LE FOU DU RAVIN

« Le même amour nous fait une haine profonde, »
Dit Noël à Sylvain;
« L'un de nous, tu le sais, est de trop en ce monde :
» Viens au bord du ravin... »

On marche... vers le soir, dans le lieu solitaire :
Œil en feu, poings serrés,
On arrive... aussitôt les habits sont à terre,
Les couteaux sont tirés...

Alors, chaque rival, mesurant en silence,
Du bras et du regard,
Le coup qu'il doit porter, fait un pas... puis s'élance,
Prompt comme le jaguar...

L'un fuit... revient... attend... s'incline... se redresse...
Frappe... fait un détour...
L'autre, atteint, redoublant de fureur et d'adresse,
Bondit... frappe à son tour.

Tout coup par l'un porté, par l'autre se répète :
Volant comme l'éclair,
Les lames font jaillir, des genoux à la tête,
Et le sang et la chair!...

Leur corps, en peu d'instants, est sillonné, ruisselle...
La nuit les couvre en vain...
Ils se battent toujours... bientôt Sylvain chancelle,
Tombe dans le ravin...

Dans sa chute, en roulant, il saisit une branche;
S'y cramponne un instant...
Noël le voit, descend aussitôt... et la tranche,
En le précipitant...

Dans ce moment, ces mots font retentir la plaine :
« Sois maudit à jamais!... »
Puis, haletante, folle, apparaît Madeleine :
« C'était lui que j'aimais!

» Pendant qu'errant, brisé sous le poids de ton crime,
» Tu vivras proscrit, seul...
» Nous serons réunis... et les flots de l'abîme
» Seront notre linceul!...

» Sois maudit! » Elle court. Noël, au gouffre immense
La voyant s'élancer,
Pousse un rugissement... puis un cri de démence...
Puis se met à danser...

Pendant dix ans, le soir, Noël revint attendre
Madeleine au ravin...
Une nuit, sous les flots, il croit la voir, l'entendre,
Dans les bras de Sylvain...

Il descend sur le bord... il se penche, il s'allonge,
Et tire son couteau...
Menace son rival... descend encore... plonge...
Et disparaît sous l'eau!...

L'AME ET L'OISEAU

L'AME

Toi qui voles si près de la voûte éternelle
    Et si loin de l'humanité,
Petit oiseau, prends-moi dans un pli de ton aile,
    Emblême de la liberté.

L'OISEAU

Qui donc es-tu? réponds. Es-tu ma Philomèle,
    Timide amante de mon cœur?
Et dans les flots d'azur, sous la voûte éternelle.
    Viens-tu m'apporter le bonheur?

L'AME

Cette voûte azurée et pleine de mystère
Est le sol du royaume où je vivais jadis;
Mais, un jour, Dieu, mon roi, m'exila sur la terre
Dans un sublime élan de pitié pour ses fils;
De son divin regard enveloppant les mondes,
Il me dit : « Vois! le crime et la corruption
» Souillent le cœur humain de leurs baisers immondes,
» Portes-y la lumière et la rédemption. »
Toi qui voles si près de la voûte éternelle
    Et si loin de l'humanité,
Petit oiseau, prends-moi dans un pli de ton aile,
    Emblême de la liberté.

L'OISEAU

Quoi! c'est pour accomplir cette mission sainte
Que ton roi t'exila des cieux!
Ingrate! et ta voix prend les accents de la plainte,
Et des larmes sont dans tes yeux!

L'AME

Hélas! sur cette terre où tout n'est que mensonge,
Haine, égoïsme, envie, orgueil et vanité,
Un jour, je m'éveillai, comme au sortir d'un songe,
Rayonnante d'amour et d'immortalité;
Puis, jetant au hasard, sur ce monde en démence,
Un regard encor plein de l'image de Dieu,
Je le vis sans amour, sans vertus, sans croyance;
J'eus peur et je voulus m'envoler de ce lieu.
Toi qui voles si près de la voûte éternelle
Et si loin de l'humanité,
Petit oiseau, prends-moi dans un pli de ton aile,
Emblème de la liberté.

L'OISEAU

Ta voix est tour à tour effrayante et sublime,
Pauvre âme! Est-il vrai qu'ici-bas,
L'homme, aveuglé, perdu dans le chemin du crime,
Creuse le néant sous ses pas?

L'AME

Pour puiser ses plaisirs à la coupe du vice,
Je l'ai vu niant Dieu, l'âme et l'éternité,
Sourire, en s'embrassant, comme un nouveau Narcisse
Dans les ruisseaux fangeux de la perversité.
En vain, dans les transports d'une ardeur insensée,
J'ai crié : « Ton âme est le souffle du Seigneur;
» Elève à son niveau ton cœur et ta pensée;
» Dans le bien et le beau cherche le vrai bonheur. »

Toi qui voles si près de la voûte éternelle
Et si loin de l'humanité,
Petit oiseau, prends-moi dans un pli de ton aile,
Emblème de la liberté.

L'OISEAU

Tais-toi, tais-toi! je sens, à ta voix affaiblie,
La pitié déchirer mon cœur,
Et Dieu pourrait, voyant ta tâche inaccomplie,
Nous frapper de son bras vengeur.

L'AME

Dieu de pitié, pardonne à ma triste impuissance;
Pour éclairer le monde, il faudrait ton pouvoir!
Aux malheureux, trop tard, j'ai chanté l'espérance!
A tous en vain, mon Dieu, j'ai chanté le devoir.
En efforts impuissants j'ai déchiré mes ailes,
Pour féconder la terre où tu me vois gémir;
Dans les cieux, près de toi, vers mes sœurs immortelles,
Je ne puis m'élancer et je me sens mourir.

L'OISEAU

Oh! viens... viens, cache-toi, cache-toi sous mon aile,
Et partons dans l'immensité.

L'AME

Seigneur, ouvre le ciel à ton âme fidèle,
Rends-moi, rends-moi l'éternité.

LOUISE BORNET.

LES DEUX POLES

Ouragan sur la mer... ouragan sur la terre...
Vainement le canon d'alarme a retenti :
Par la foudre et les vents tout semble anéanti...
Partout s'ouvre l'abîme, où rugit le cratère.

Les torrents charriant des débris entassés
D'arbres et de maisons, les apportent en proie
A la mer en fureur qui les prend et les broie,
Et les mêle aux débris des vaisseaux fracassés...

Tout à coup sur le roc, aigu comme le glaive,
Un homme nu, meurtri, par la vague est jeté.
Il s'y dresse... elle fuit... revient... Précipité
Vingt fois, il reparaît, retombe, se relève...

Après une heure, un siècle... en lambeaux, haletant,
Il gravit la falaise, et, chancelant, s'arrête;
Puis, contre l'ouragan, cherchant une retraite,
Regarde, écoute, et semble hésiter un instant...

Dans le creux d'un rocher il pénètre, il se glisse...
Son pied heurte, en entrant, quelque chose d'humain.
Un homme! il dort! frappons! que mon sort s'accomplisse!
Dit-il, en se courbant, un caillou dans la main.

D'une voix faible, alors, l'homme lui dit : « Arrête!...
» Pourquoi verser le sang? — Pourquoi? parce qu'il faut
» A l'homme, dont les lois ont mis à prix la tête,
» Des vêtements, pour fuir la mort sur l'échafaud.

» Les bagnes m'avaient pris... Profitant de l'orage,
» J'ai, de mes fers brisés, assommé mon gardien;
» Puis, j'ai, la nuit, gagné ces rochers à la nage...
» Je suis sans vêtement. — Tiens, fuis, voilà le mien.

» Prends-le... ne frappe pas, au saint nom de ta mère,
» Celui pour qui tout rêve ici-bas va finir.
» — Qui donc es-tu? — Je suis un pauvre fils d'Homère
» Qui chantais, hier, l'amour, la foi dans l'avenir.

» Sur le monde croulant, au monde qui commence,
» J'allais, en niveleur, aplanir le chemin ;
» Je jetais du progrès la divine semence
» Sous les pas chancelants encor du genre humain.

» Je relevais partout le faible qui succombe;
» Je flagellais le vice et combattais l'erreur;
» J'adoucissais aux bons l'approche de la tombe;
» A l'âme des méchants j'enchaînais la terreur.

» Je marchais sans jamais regarder en arrière;
» Pauvre, seul, je puisais ma force dans ma foi;
» Mais la mort, au milieu de ma sainte carrière,
» Est venue aujourd'hui se dresser devant moi.

» Tout abri se fermant à mes prières vaines,
» J'ai, la suivant, ici précipité mes pas;
» De son souffle, bientôt, elle a glacé mes veines;
» Je vais mourir... j'ai soif... — Non, tu ne mourras pas!

» Courage, attends un peu, » dit le forçat, dont l'âme
Vient de renaître au feu de l'amour rédempteur.
Il court... Le moribond bientôt voit une flamme...
Puis un long coup de feu retentit dans son cœur.

Le forçat revient, tombe, et dit : « Tiens, bois et mange.
» C'est mon sang, c'est ma chair, regarde! ils m'ont frappé! »
Et, d'un rayon divin le front enveloppé,
Il meurt en souriant du sourire d'un ange.

Le poëte, levant les yeux vers l'Éternel,
Dit : « Je t'offre, mon Dieu, ma plus belle conquête. »
Et, de ses froides mains, du mort prenant la tête,
Expire en lui donnant le baiser fraternel !

LE TROUBADOUR ET LA FERMIÈRE

ROMANCE

Las de quelques mois de repos,
Dans un petit village,
Un troubadour, le sac au dos,
Se remet en voyage.
Il rencontre, sur son chemin,
Jeannette, la fermière,
Et dit, en lui serrant la main : } *bis.*
Je retourne à la guerre. }

A toi, bœufs, charrues et pressoir,
Danse sous la feuillée,
La chanson en rentrant le soir,
Le conte à la veillée.
Mais à moi, les combats, le sang,
Les ennemis à terre;
A moi, le cheval hennissant } *bis.*
Au signal de la guerre. }

Partez, dit Jeannette, au combat
Que votre ardeur se livre;
Pendant que vous tuerez, là-bas,
Ici, nous ferons vivre.
Pour nous, les blés dans les sillons,
Levant leur tête altière,
Seront nos brillants bataillons; } *bis.*
Les moissons, notre guerre.

Le troubadour, en l'écoutant,
Sent faiblir son courage,
Laisse le combat qui l'attend,
Pour la paix du village.
Je ne poursuis pas mon chemin,
Dit-il, à la fermière,
Et si tu m'épouses demain, } *bis.*
Je renonce à la guerre.

Quatre ans plus tard, le troubadour,
Fier en sa maisonnette,
Cultivait ses champs et l'amour,
Auprès de sa Jeannette.
Voyant sous ses yeux triomphants,
Choux et pommes de terre
Pousser avec ses gros enfants, } *bis.*
Il riait de la guerre.

Henriette BORNET.

PENSÉES DIVERSES

DÉTACHÉES DES ŒUVRES DE JACQUES BORNET

—

Celui-là seul mourra, qui n'a rien fait sur terre.

—

La gloire du triomphe est égale à la peine.

—

Qui fut traître une fois, de nouveau pourra l'être.

—

Le Ciel n'a plus d'éclairs, pour leur montrer l'abîme.

—

Dieu seul peut dire à l'homme où finira sa course.

—

Les haillons savent mal défendre la vertu.

—

Vendre sa pureté pour couvrir sa pudeur.

—

Les défauts de l'auteur passent dans son tableau.

—

Plus le sommet est haut, plus profond est l'abîme.

—

Mieux vaudrait mille fois voir périr sa mémoire,
Que vivre un jour avec une tache à sa gloire.

—

L'homme que Dieu conduit accomplit seul sa tâche,
Et quand il laisse un nom, il le laisse sans tache.

—

L'amour, pour compléter l'œuvre du Créateur,
Met la pensée au front et la lumière au cœur.

—

L'humanité toujours change, se renouvelle,
Et l'artiste n'est grand, qu'en marchant devant elle.

—

Vivant dans le mensonge et la perversité,
Ainsi que le regard, l'âme a sa cécité.

—

Dans l'art des courtisans, ne réussissent guères
Que les cœurs corrompus et les âmes vulgaires.

—

Jamais la gloire, vierge au front resplendissant,
N'orna de ses rayons un front taché de sang !

—

Un tyran croit en vain étayer, quand il tue,
Son trône chancelant, d'une tête abattue.

—

— Jamais, par le poignard, on ne brisa ses fers ;
— On peut du moins, par lui, venger les maux soufferts.

—

Ce n'est pas de la mort que surgit la lumière,
Elle vient de l'amour, de sa source première.

—

Le chemin du progrès, est le chemin de Dieu,
C'est là qu'il a placé la colonne de feu,
Qui mène à leurs destins, les peuples de la terre.

—

Au tronc mort du passé, nul ne peut parvenir,
A greffer le rameau divin de l'avenir.

Pour qu'au vent du progrès, il grandisse et s'élève,
Il faut pouvoir d'en bas faire monter la séve.

—

En raison du progrès, que nous touchons du doigt,
Tous devant à chacun ce qu'à tous chacun doit,
Il faut que la justice, aujourd'hui, constitue
Le travail qui fait vivre, et non celui qui tue.

—

Lorsque le corps sur l'âme a pris l'empire un jour,
Sur le chemin du bien, il l'arrête au retour.
En vain, l'homme nouveau veut briser son entrave,
De l'homme ancien, toujours il redevient esclave.
Tout ce que fait un jour, un autre le détruit.

FIN.

88. — Bordeaux. Imprimerie Auguste LAVERTUJON, rue de Grassi, 7

www.ingramcontent.com/pod-product-compliance
Ingram Content Group UK Ltd.
Pitfield, Milton Keynes, MK11 3LW, UK
UKHW031954260826
14628UKWH00005B/2043

9 782014 111699